서른도 어른이라면

나의 서른만 이렇게 힘들고 어려운가요?
당신의 서른은 안녕하신가요.

늦은 성장통에 아픈 모든 '서른'에게 바칩니다.

서른도 어른이라면

난 기억력이 그다지 좋지 않다. 내 기억은 대부분 왜곡된 것들이라, 대개 친구들의 기억에 의존하곤 한다. 물론 그걸 전부 믿지는 않는다. 참고용이다.

이런 내가 정확하게 확신할 수 있는 것이 하나 있다. 난 단 한 번도 서른에 연연해 하지 않았다.

김광석의 노래를 들으며 '서른은 무언가 다른가?'라는 생각을 안 해본 것은 아니지만, 서른이 특별하지 않다는 것 정도는 스무 살에 이미 경험했다.

열아홉에는 스무 살이 되면 뿅! 하고 어른이 될 줄 알았다. 하지만 스무 살의 나는 생각보다 훨씬 어렸고 철이 없었다. 글이 좋아서 들어간 대학에서는 술만 잔뜩 배웠고, 학업의 재미보다는 주말 아르바이트로 용돈 버는 즐거움이 더 컸다. 철없는 스물이었다.

어쩌면 대학 졸업과 함께 뿅! 하고 어른이 되진 않을까, 생각했다. 어엿한 사회인이 될 자신도 있었다. 그러나 어쩌다 들어간 첫 직장은 영업이 9할을 차지하는 곳이었다. 화려한 언변은커녕 앳된 목소리와 생김새가 내 월급을 깎아 먹었다. 난 가난한 스물여섯이었다.

그렇게 몇 번의 퇴사와 이직을 하고 나니 서른이 되어있었다. 정신 차리니 서른이었다는 표현이 맞을지도 모르겠다.

스물아홉해를 살아오면서 단 한 번도 서른에 연연해 하지 않았건만 서른이 되고 나니 30이라는 숫자에 발목을 잡혀버렸다. 서른에 굉장히 연연해 하는 중이다.

30대의 난 20대의 나와 별반 다르지 않았다. 정말 하나도 다르지 않다. 아직도 철은 들지 않았고, 여전히 가난하다.

대체 어른은 언제 되는 걸까.

나와 별반 다르지 않은 철없는 서른. 성인으로 인정받은 지 10년이 되었지만 단 한 번도 어른다웠던 적 없는, 어른스럽지 못한 삶을 살고있는 서른 살에게 바치는 이야기.

서른도 어른이라면,
우리는 모두 어른이다. 놀랍게도.

목차

Part.1 서른이라서 : 사랑

Part.2 서른이지만 : 일과 꿈

Part.3 서른이기에 : 관계

어쩌면 우리는 여전히
그 사람과 헤어지는 중일지 모른다.
평생에 걸쳐서.

서른이라서

함께 했었다는 건

오래전 사용하던 메일함에
책상 속 서랍 한켠에
신발장 깊숙이 넣어둔 겨울 구두에
간만에 펼쳐본 책 페이지에

매번 생각지 못한 곳에 있다.
넌 그렇게 갑자기 쏟아진다.

함께 했었다는 건
내 공간 곳곳에 네가 남겨져 있다는 것.

그리고 난 그때마다 무너져내린다는 걸.

서른의 난, 너의 순수함이 부러웠다

넌 눈물을 글썽이며 말했다.
헤어지자고.

난 똘망한 눈으로 물었다.
왜냐고.

네가 생각하는 사랑은 얼굴만 봐도 좋아죽고
그 사람 생각하느라 하루가 어떻게 가는 지도 모르고
쉴 새 없이 두근거리고 떨리고 설레는 것이라 했다.

그런데 내게는 정이 들더라고.
정은 네 기준에서 사랑이 아니라고.
내게 정이 더 들어버릴까 봐,
그래서 사랑이 아닌데도 헤어지지 못하게 될까 봐 무섭다며.

그렇구나. 알았어. 그러자 그러면.
담담하게 대답했다.

석 달 가량을 만난 우리는 그렇게 헤어졌다.

서른의 난, 너의 순수함이 부러웠다.
네가 말하는 사랑을 가만히 듣고 있노라니
그냥 부러워졌다. '사랑'을 꿈꾸는 네가.

더이상 나는 '사랑'이라는 단어를 기대하지 않는다.

얼굴만 봐도 좋아죽고
그 사람 생각하느라 하루가 어떻게 가는 지도 모르고
쉴 새 없이 두근거리고 떨리고 설레는 그 감정은
이미 사라진 지 오래였다.

그저 난
오래된 연인처럼 네가 편했다.
함께 있는 시간이 따분하지 않았고
지쳤을 서로의 하루를 다독이며 소주 한 잔을 기울이는
그런 무던한 사랑을 하고 싶었다.

이십 대 초중반과 같은 열정적인 감정은
나에게 사치고 부담이었다.

네가 좋았던 이유

나는 플롯에
너는 비주얼에
같은 영화를 각기 다른 시선으로 보았던
그날 아침 출근길의 대화를 기억해.

네가 좋았던 이유는 고작 이런 거였어.

너의 작은 거실에서
나는 보드카를, 너는 위스키를 마시면서
네가 그리는 미래를 듣는 것도 좋았고

선선한 바람이 불던 여름밤
한적한 한강공원에 돗자리를 펴고
시답지 않은 이야기를 나누며 웃는 것도 좋았어.

사랑한다는 뜨거운 고백이 아니었고
영원히 함께하자는 거짓스러운 맹세도 아니었지만
그저 난 네가
내 일상에 소소히 녹아들 수 있는 사람이라 좋았어.

지키지 못한 약속

- 우리 날 좋아지면 캠핑 가자.
  가서 고기도 구워 먹고 밤에 별도 보는 거야.

- 난 제주도가 좋아.
  같이 제주도 가서 며칠간 아무것도 하지 말고 쉬었다 오자.
  너 요새 많이 지쳤잖아.

- 자기야, 호랑이 좋아해? 나 동물 엄청 좋아하거든.
  사파리 가본 지도 오래됐네! 봄이 오면 같이 가자.

- 조금만 덜 더우면 한강에서 돗자리 펴고 너랑 누워있어야지.
  조만간 자그마한 텐트도 하나 살까 봐.

넌 왜 지키지도 못할 약속을 그리도 많이 했을까.
난 왜 여전히 그 약속들을 잊지 못하고 있을까.

'봄날은 간다'

"어떻게 사랑이 변하니"
이토록 순수한 질문을 던질 수 있다니.

분명히 봄날은 가고
당연히 사랑도 변한다.

대부분의 사랑 이야기는 비슷하다.

사랑에 빠지는 찰나도, 이별을 다짐하는 순간도
모두 타이밍일 뿐. 특별할 것은 아무것도 없다.

우리가 사랑하던 순간, 연인의 콧노래만 남아 날 위로할 뿐.

넌 여전히 여행 중이다

잠이 오지 않는 새벽이면
너를 잃었다는 상실감에 몸서리를 쳤다.

눈물은 자꾸만 삐죽삐죽 삐져나와 볼을 타고 흐르고
목구멍이 울렁거려 숨이 가빠오곤 했다.

새벽녘이면 하염없이 휴대폰을 바라보았다.
함께 들었던 음악을 틀어놓곤
너와 나누었던 문자 메시지, 함께 찍은 사진을
하나하나 곱씹으며
마음속 낫지 않을 상처를 후비고 또 후벼냈다.

널 다 토해내야 내가 살 수 있을 것 같았다.

버텨야 했다.
어두운 새벽은 오롯이 내 시간이지만
동이 틀 무렵부터는 나만의 시간이 아니니까.

그럴 때면 난 네가 아주 먼 나라로 여행을 떠났다고 여겼다.
그 어떤 연락도 닿지 않는 오지.

그래서 넌 나에게 너무도 연락하고 싶지만
그러지 못하는 것이라 믿었다. 그렇게 믿어야만 했다.

대체 시간이 약이라는 말은 누가 처음 한 것인지
소름 돋게도 어느 순간부터인가
난 더이상 너를 떠올리지 않았다.

너무나 특별한 사랑이었는데
이제는 그저 그런 이별 이야기가 되어버린 듯싶어 공허했다.

넌 여행 중이다.
먼 나라를. 생사도 알기 어려운 아주 먼 나라를.

길을 걷다 우연히 마주치더라도
그건 너를 닮은 사람일 뿐, 네가 아니다.
넌 여전히 여행 중이니까.

그렇게 생각하며 오늘도 난 너를 버틴다.

이 세상에서 유일하게 너만 아는 것

"넌 잘 때 특유의 숨소리가 있어."

"내가? 코를 고나?"

"아니. 우리가 통화하다 보면 어느 순간 네 목소리가 급격히 느려져. 그러다가 네가 아무런 말이 없을 때가 있거든? 그럴 때 가만히 휴대폰 너머 너의 소리에 귀를 기울이면 새근새근 고르게 숨을 내뱉는 소리가 들려. 그러면 난 말하지. 자? 자? 자는구나. 잘 자. 좋은 꿈 꿔. 내일 일어나서 연락해. 사랑해."

아침에 눈을 뜨면서부터 잠들 때까지
서로의 모든 순간을 공유하던 그 시절.

하루 종일 붙어있으면서도 뭐가 그리 아쉬운지
잠들기 직전에도 몇 시간이나 통화하던 그날들.

이제 우린 그 나이로 돌아갈 수 없다. 하지만 여전히 나의 사소한 습관까지 기억하고 있다는 사실에 마음이 몽글해진다.

이 세상에서 유일하게 너만 아는 것.
그리고 아마 앞으로도 너만 기억해줄 나의 사소한 습관.

첫 만남

그게 벌써 몇 년 전이지.

너를 처음 보았던 날이 아직도 잊혀지지 않아.
아니, 네가 내 눈에 들어왔던 날이라고 해야겠지.

하늘이 파랗게 물들던 시월의 어느 날.

낙엽이 하나둘 떨어지는데
내 눈에는 마치 분홍빛 벚꽃처럼 보였어.

넌 나에게 쌀쌀한 초가을에 온 사람이지만,
그해 가을은 참으로 따듯하고 달았어.

너의 말버릇

〈가령〉
 1. 가정하여 말하여
 2. 예를 들어, 이를테면

너의 말버릇은 '가령'이다.
널 만나기 전까지 나는 그토록 많은 '가령'을 들어본 적이 없다.

'가령'이라는 단어에 너를 떠올리는 사람이 아무리 적어도 대여섯 명은 될 테다. 그만큼 너만의 독보적인 말버릇이었다.

어느 날 영화를 보는데, 자막에 '가령'이라는 단어가 나오더라. 난 네가 떠올랐다. 잠깐의 망설임조차 없이.

그리고 난 너에게 어떨 때 떠오르는 사람일까, 하는 생각이 들었다. 가능하면 좋은 순간에 생각나는 사람이었으면 좋겠다는 생각을 해 보았다.

익숙한 것들

깊은 잠을 위해서는 두 가지가 필요하다.
폭신하고 커다란 베개 두 개, 그리고 오른쪽으로 눕는 자세.

폭신한 베개 하나를 머리에 베고 오른쪽으로 몸을 뉜다.
나머지 커다란 베개 하나를 품에 안으면 금세 잠이 든다.
엄마 품에 안긴 어린아이처럼 오랜 잠을 잘 수 있다.

가끔 왼쪽으로 누울 때도 있다.
등줄기를 따라 목 뒤부터 발끝까지 시원해지는 기분이 든다.
가끔 머리털이 쭈뼛 서는 것 같은 느낌이 들기도 한다.

하지만 이내 오른쪽으로 눕고 만다. 제아무리 폭신한 베개를 끌어안고 있더라도 오른쪽으로 눕는 자세가 제일이다.

익숙함이라는 게 이렇게 무서운 거구나 싶다.
아무리 새로운 것을 추구하려고 해도
내 몸은 자꾸 익숙함을 찾는다.

그래서 내 눈도, 내 마음도 자꾸 좇나 보다.
익숙한 그곳을, 익숙한 너를.

세상에서 우리가 지워지고 있어

기억나?
벚꽃이 흐드러지게 피었던 그 날, 생각보다 바람이 찼잖아.
네가 뛰어가서 따뜻한 캔 음료를 사왔던 그 구멍 가게 말이야.
없어졌더라. 24시간 편의점으로 바뀌었더라고.

비가 많이 내리던 어느 여름 날,
우산 하나를 나눠쓰고 뛰어 들어갔던
패밀리 레스토랑도 사라졌고
제법 쌀쌀해진 바람을 가르며 드라이브하던 그 길도
공사 중이야. 뭐 버스 전용차로를 만든다나.

우리가 함께 했던 그 계절들, 그 추억들이
하나씩 사라지고 있는 기분이야.

세상에서 우리가 지워지고 있어.

헤어진 연인이 다시 시작하면 안 되는 이유

우리가 함께 했던 그 시간 동안
세 번을 헤어졌고, 두 번을 다시 만났어.

그리고 우린 네 번째 만남을 준비하려고 했었지.
이토록 나를 잘 이해하고 알아주는 사람이 있을까,
내가 또 이런 사람을 만날 수 있을까 하는 절실함과 고마움으로.

하지만 우린 다시 시작하지 못했어.

이유는 하나야.
사람은 절대 변하지 않아.
나도, 너도 변하지 않았어. 꽤 오랜 시간이 흘렀음에도.

서로를 잘 안다는 것은
우리가 번번이 재회할 수 있는 포인트가 되어주었지만,
또 한편으로는 그만큼 잘 알기 때문에
네가 어떤 마음인지 짐작할 수 있겠더라.

난 여전히 너에게 불안했고
넌 여전히 나에게 확신을 주지 않았어.

그게 우리가 다시 시작하지 못한 이유야.

짜투리 사랑

하루 스물네 시간
눈을 떠도, 감아도 네 생각으로 가득하다.

혹시 눈코 뜰 새 없이 바쁘면
네 생각이 덜 날까 싶어
몸을 혹사하며 벅찬 일정을 소화했다.
그렇게 일주일, 이주일, 한 달....

실패다.
나는 그 바쁜 와중에도 짬을 내 네 생각을 하더라.

그럼에도 이별하려는 이유

너와 헤어졌을 때 밀려올 상실감을
내가 감당할 수 있을까.

그럼에도 너와 이별하려는 건
너와 만나는 동안에 찾아오는 허무함을
견딜 수가 없어서.

가장 오래 사랑했었던 연인을 생각하며

한때 누군가를 미친 듯이 사랑했었다.

고작 스물두 살이었다. 나름 첫사랑이라고 부를 만한 연애도 해보았고, 쓰디쓴 이별도 겪었다. 지금 생각하면 매우 미성숙하기 짝이 없지만, 나는 고작 2년 전에 부여받은 성인이라는 자격 속에서 패기롭게도 세상에 대해 꽤 안다고 자부했다. 하지만 내가 사는 세상은 아주 작디작았다. 그런 스무 살 초반의 여자애에게 그는 세상의 전부였고, 살아가는 이유였다.

무려 4년이었다. 스물두 살이었던 여자애는 스물여섯이 되었고, 스물넷이었던 그는 스물여덟 살이 되었다. 같은 대학교 같은 강의실에 나란히 앉아 강의를 듣던 둘은 어느새 어엿한 어른으로 자랐다.

내내 그는 나에게 일종의 갈증이었다. 항상 그를 생각하면 목이 말랐다. 턱없이 부족한 그의 사랑은 나의 갈증을 해소시키지 못했다.

대다수의 사람은 본인이 살아온 삶이 세상의 모든 것들을 판단하는 기준이 되곤 한다. 나 역시 그랬다. 세상의 모든 사람에게는 각자의 사연과 아픔, 슬픔이 있다는 것을 잘 모르던 때였다. 그저 내 다친 손가락이 가장 아프고 쓰라린 나이였다. 사춘기에서 막 벗어난, 그래서 작은 것 하나에도 일희일비하던 나에게 그는 새로웠다.

좀처럼 웃는 법이 없었다. 그렇다고 인상을 쓰거나 화를 내지도 않았다. 낮은 목소리로 천천히 이야기할 뿐이었다. 항상 뛰어다니며 공이나 차고 몸싸움이나 하던 중고등학교 시절 동창들과는 확연히 달랐다. 아직 애 같아 보이기만 하는 대학 동기들과 다르게 어른 같았고 의젓했다. 그래, 의젓했다.

그런 그에게도 그만의 사연이 있다는 것을 알게 되었을 때, 그때 다짐했다. 세상이 얼마나 아름다운지, 얼마나 감사하고 행복한 일이 많은지 내가 꼭 알려주기로. 그를 행복하게 만들어주기로. 지금 생각해보면 우습고 오만한 다짐이었지만 그렇게 그는 내 다친 손가락보다 더, 더욱더 아픈 손가락이 되었다.

나의 온도는 늘 뜨거웠고 그는 그만큼 타오르지 않았다. 난 점차 식어갔고 그는 그를 뜨겁게 만드는 다른 사람을 찾았다. 그렇게 우린 헤어졌다. 이별은 그리 힘들지 않았다. 그를 만나는 동안 숱하게 상처를 받았고 아물었다. 아마 그 과정에서 에너지를 모두 소진했던 듯싶다.

그와 이별하고 나니 달라진 내가 보였다. 냉소적이고 지극히 개인적인 내가 되어 있었다. 상처받지 않으려 필사적으로 노력하는 나만 남았다.

그에게 이별을 듣는 카페 안에서 난 이제 내가 예전의 나로 돌아갈 수 있으리라 생각했다. 하지만 안타깝게도 그를 처음 만났던 스물둘의 나로 돌아갈 수는 없었다. 쉽게 상처받고 잘 울지만, 그래도 다시 일어나 눈물 한 번 쓰윽 닦아내고 웃는 난 이제 없었다.

난 누구보다 순수하고 열정적이었다.
웃음이 참 많았고 사랑스러웠다.
그때의 내가 못 견디게 그립고 안타깝다.

감정의 롤러코스터

커피를 주문하려고 메뉴판을 바라보는데
네가 좋아했던 홍차가 눈에 들어온다.
익숙한 단어를 발견하고 기분이 좋아졌다가
이내 네가 내 옆에 없다는 것을 깨닫는다.

이렇게 한없이 벅차올랐다가
끝도 없는 심연으로 빠지는 순간이 있다.

나는 그 순간을 감정의 롤러코스터라 부른다.

감정이 롤러코스터를 탈 때면
나는 이 세상에서 모든 감정이 사라지길 간절히 바라게 된다.

세상의 모든 감정이 사라지면
내 생각과 내 행동이
더이상 너를 향하지 않을 수 있을까.

이방인

넌 아마 모를 것이다.

너와 헤어지고 집으로 돌아오는 길에
내가 걷는 모든 골목은
허무함과 상실감으로 가득했다.

지난밤을 함께 보냈음에도
나는 너를 가진 것 같지 않았다.
갖지 못했으니 가진 것 같지 않았을 수밖에 없다.

너는 나와의 하룻밤을 즐겼을 뿐이고
나는 너라는 사람을 갈구했기 때문이겠지.

나는 너에게 항상 이방인이었다.
언제 사라져도 이상할 것이 없는 존재.
그게 나를 한없이 허무하게 만들곤 했다.

어느 밤

나의 호의가
누군가에게 부담으로 느껴질 수 있다는 사실이 두렵다.

고마움이 미안함이 되고 미안함이 부담이 되는 건
너무도 순식간이니까.
나도, 상대도 모르는 사이에 변해버리는 감정이니까.

내가 그런 감정의 변화를 느꼈던
'누군가'였던 적이 있어서일지도 모르겠다.

부디 내 호의가 고마움에서 그치기를.
간절히 바라는 밤이다.

사랑한다는 말이 사랑을 표현하는 것은 아니다

"살면서 생일을 챙겨본 적이 거의 없어. 게다가 생일 당일에는 더욱."

나의 말에 넌 대답했다.

"무슨 소리야. 생일은 일 년 중에 가장 행복한 날이야. 잊지 못할 생일을 선물해줄게."

그래, 너와 보낸 그해의 생일은 잊지 못할 기억이 되었지.

내 생일을 며칠 앞두고 우린 싸웠다. 일방적인 내 잘못이었다. 내게 실망한 너는 다신 안 볼 것처럼 연락을 받지 않았고 나도 연락할 염치가 없었다. 이틀 정도가 흐르고 너에게서 온 장문의 문자 메시지. 이제는 흐릿해져 기억이 잘 나진 않지만, 네가 요 며칠간 얼마나 힘들었는 지가 적혀 있었다. 나도 내가 얼마나 미안한 마음인지 꽤나 긴 답장을 보냈다.

내 생일날에야 만난 우리는 근사한 곳에서 저녁을 먹었고 네가 자주 가던 카페에서 생일 케이크도 불었다. 너와 친하던 카페 사장님까지 생일 축하한다며 노래를 함께 불러주었던 그날 밤.

잊지 못할 생일이라고 표현하는 이유는 이런 것들이 아니다.

사실 난 그때까지도 네가 날 별로 좋아하지 않는다고 여겼다. 사랑은 더욱 아니었고, 그냥 어쩌다 보니 좋은 사람인 것 같아서 만난다고 생각했다. 하지만 그날, 넌 술에 잔뜩 취한 채 나에게 고백 아닌 고백을 했다.

"어쩌면 너와 내가 단순한 연인 이상의 관계가 될 수도 있겠다는 생각이 들었어."

그 말이 어떤 의미인지 여전히 모르겠지만, 눈물을 글썽이며 말하던 너의 모습을 잊을 수 없다.

어쩌면 내가 생각해온 것보다 네가 나를 더 많이 좋아하고 있는 걸 수도 있겠구나. 우리가 단 한 번도 사랑한다는 표현을 나누지 않았지만, 우리의 감정이 사랑일 수도 있겠구나. 너에게 미안했다. 우리의 감정을 작게만 보고 있던 내가 미웠다.

사랑한다는 말이, 사랑을 표현하는 것은 아니다. 때로는 사랑한다는 말보다 행동 하나가 사랑을 표현할 수도 있다는 걸 배웠다.

그 해, 생일을 챙기지도 않던 나는 너에게 잊지 못할 생일 선물을 받았다. 너의 진심이라는.

머무르다

쌀쌀한 겨울의 시작 무렵부터
아직은 차가운 봄비가 내리던 즈음까지
그렇게 너는 나에게
아주 잠시 머물다 갔다.

신기하게도
설렜지만 두근거리지 않은 시작이었고
아쉽지만 슬프지 않은 마무리였다.

가랑비에 옷이 젖듯
그렇게 스며든 인연이기에
조금 더 오래 볼 수 있겠다는 건
나 혼자만의 생각이었다.

네가 나와 같은 마음이길 바랐지만
너와 나의 마음의 무게는 달랐다.

‘사랑’이라는 단어의 무게

누군가에게는 사랑이라는 단어가 쉽겠지만,
적어도 나에게는 굉장히 어려운 단어다.

나에게 사랑은
한순간에 휘몰아치는 감정이 아니라
오랜 시간 쌓이고 쌓인 신뢰와 믿음이 중첩돼
그래서 감히 내뱉기 어려운, 너무도 어려운 단어다.

진심

있잖아.
난 단 한 순간도 진심이 아닌 적이 없었어.
그러니 불안해하지 않아도 됐어, 넌.

누가 그랬다.
의미없는 일을 잔뜩 하는 것이 인생이라고.
그러니 사실 어느 것 하나 의미없는 것은 없다고.

서른이지만

고민

고민이 너무 많다. 고민이 많아서 고민이다. 가장 큰 고민은 이렇게 고민하고 있다고 해도 달라지는 건 없다는 것이다. 하지만 고민을 안 할 순 없어 계속 고민하게 된다. 정말 고민이다.

나의 가치는 얼마인가요

안녕하세요. 저는 전민지라고 합니다.

제 키는 175cm 남짓에 몸무게는 평범합니다. 운동을 극도로 혐오하지만 먹는 걸 그리 좋아하진 않아서 다행히도 적당히 건강한 몸 상태를 유지하고 있어요.

수업이 끝나면 떡볶이집과 오락실을 오가던 평범한 학창시절을 보내고 어쩌다 보니 지리적 위치 덕분에 겨우 인서울 취급을 받는 4년제 대학을 졸업했습니다.

귀찮은 걸 딱 싫어하는 성격이라 엄마에게 일일이 설명하고 용돈을 받아 쓰고 싶지 않았어요. 그래서 생활비를 벌기 위해 대학생활 내내 아르바이트를 했습니다. 아르바이트 경험이 매우 많다는 건 저의 장점이겠죠.

우야무야 졸업하고 나니 괜히 마음이 조급해지더라구요. 그래서 아무짝에 쓸모없을 한국사 자격증 1급을 땄습니다. 뭐라도 해야 할 것 같았거든요. 컴활 1급도 따려는데 어렵더군요. MS오피스 마스터로 적당히 타협했습니다. 엑셀 SUM, AVERAGE, 그리고 PPT 적당히 만들 줄 알면 되는 거 아닌가요?

중고등학생 때 유명했던 다음 카페에서 포토샵 끄적이는 걸 좀 배워서 셀카 정도는 수정할 줄 알구요, 이것저것 만져보는 걸 좋아하는 터라 일러스트 프로그램도 아주 조금 만질 줄 압니다. 아주 조금. 이 책을 쓰면서 인디자인 프로그램도 건드리게 됐네요.

여자는 1종이지, 라는 마음으로 운전면허는 1종으로 땄어요. 오르막길에서 반클러치 할 줄 알아요. 사실 오르막길에서 처음 빨간 불을 만났을 때는 거의 울었어요. 어쩌지 하고.

문제적남자라는 TV프로그램이 있는데 제가 즐겨보거든요. 거기에 나오는 문제들. 다는 아니어도 꽤 맞추는 것 같아요. 머리가 엄청 나쁘진 않다는 뜻이라 자위하고 있어요.

국문과 전공이라 글 보는 재주를 6할 정도 보유하고 있는 것 같습니다. 전문적이지도 않고 아는 것 쥐뿔 없지만, 매사에 약간 부정적인 성격이라 신랄한 비판을 잘해요. 같잖게도.

구구절절 더 설명하자면 몇 줄 더 쓸 수 있겠지만, 그냥 전 이런 사람입니다. 이런 저의 가치는 어느 정도일까요.

서른 살쯤 되니, 제 가치를 명확하게 설명할 수 있는 건 나의 연봉뿐인 것 같아요. 그렇다면 제 가치는 제가 받는 연봉이 전부일까요.

글을 쓰는 이유

대학 시절, 졸업작품은 참 간단했습니다. 소설 A4 10장, 수필 A4 10장, 시 10편. 심지어 이 중 하나만 선택하면 됐어요.

내 이야기를 쓰는 수필은 여전히 낯간지럽고, 시는 아직도 나에게 너무 어렵습니다. 그래서 내 감정을 담은, 에세이에 가까운 소설을 택했습니다.

그 소설을 지금 다시 읽으면 낯부끄러워집니다. 소설이라고 부르기도 민망한, 그저 텍스트에 불과해요. 하지만 스물둘부터 스물여섯까지의 내 연애와 열정, 그리고 그 시절을 함께한 그를 향한 내 기억과 감정이 고스란히 담겨있는 일기와 같은 글입니다. 그는 모르고 있겠지만.

첫 직장에서 알게 된 동생이 너무 심심해하길래 제 졸업작품을 보여주었어요. 같이 웃자는 의미였지요. 그런데 그 동생이 눈물을 찔끔 흘리더군요. 아마도 이십 대 초반의 감성에 알맞은 글이었나 봐요. 그만큼 다듬어지지 않은 감정을 쏟아낸 글이라는 의미일 수도 있겠네요.

글을 쓰고 싶다는 마음이 자꾸만 삐져나올 때마다 나는 나의 졸업작품을 생각했어요. 졸작(卒作)이 아닌, 졸작(拙作)에 가까운 글인지라 안된다, 부끄럽다, 나에겐 그런 재능이 없다고 욕심을 눌렀습니다.

그러던 어느 날 문득, 내 졸작(拙作)이 좋더군요. 이 글은 분명 나만 쓸 수 있는 글일 테니까요. 내가 당시 느꼈던 감정을, 나의 단어와 나의 문체로 써 내려갈 수 있었던 건 '나'이기 때문이니까.

그 소설(이라기엔 여전히 부끄러운 텍스트)을 막힘없이 써 내려가던 어느 밤이 떠올랐습니다. 그 어떤 발제문도, 비평문도, 일기도 그리 잘 쓰이진 않았거든요.

그래서 생각했습니다. 글을 써야겠다고요. 분명 알고 있습니다. 내 글이 얼마나 형편없고 부끄러운지. 나이가 들어 다시 읽게 되면 창피해 몸 둘 바를 모르겠지요.

그래도 글을 써야겠습니다. 그저 감정을 토해내는 글일지라도, 어쩌면 아는 동생이 눈물을 찔끔 흘렸던 그날처럼 누군가의 감성을 건드리는 역할을 할 수도 있으니까요.

내 글을 읽고 단 한 명이라도 공감할 수 있다면, 그리고 '맞아. 나도 그랬었지.'라고 고개를 끄덕일 수 있다면 그냥 그것으로 만족합니다.

‘나’때문이었을까 봐

잦은 야근에 원치 않는 회식 자리.
매번 내 잘못도 아닌 일로 스트레스 받고.
회사 생활이란 다 이런 거겠지.

내가 잘못하지도 않은 일로
늦은 밤까지 사무실에 남아있는 날이면,
그래서 당장 내일이라도 사표를 쓰고 싶어질 때면
괜히 더 코끝이 찡하고 가슴이 답답해진다.

난 일 년도 채 버티지 못하고 퉁겨져 나오기 일쑤인데
부모님은 이 거지 같은 직장 생활을
어떻게 몇십 년이나 하신 건지.

아무리 힘들고 지쳐도 버텨야만 했던
그 이유가 혹여 ‘나’때문은 아니었을지.

어쩌다 이렇게 된 걸까, 우리는

"잘 지내지?"

묻는 지인들의 인사말에 난 늘 이렇게 대답한다.

"다행히도 숨이 쉬어져서 살고 있어."

Not first, but best
열다섯 즈음 내가 좌우명으로 삼았던 문구다.
처음 손에 쥐었던 아이팟에 각인했을 정도로 나에게는 중요한 문장이었다. (덕분에 중고로도 팔지 못했다.)

처음은 아니더라도 최고가 되고 싶었던 소녀는 어느덧 서른 살이 되었고, 살아있다는 것에 의의를 두고 있는 어른으로 자라버렸다.

분명 나에게도 꿈이 있었다.

초등학생 때는 땅땅땅 법봉을 두드리고 나쁜 사람들에게 벌을 내리는 판사를 꿈꿨다. 한창 겉멋이 들었던 사춘기에는 런웨이를 누비는 모델이 되고 싶었고, 영어 한마디 못하는 주제에 스튜어디스를 동경하기도 했다. 대학 입시라는 현실의 벽에 부딪힌 열아홉에 국문과에 진학하며 막연히 방송 작가를 상상해보았다.

그리고 지금 나는 그저그런 직장인1에 불과하다.

최근 젊은 층에게 가장 중요한 단어는 '워라밸'. 일(Work)과 생활(Life) 사이의 적당한 밸런스를 유지하는 것이 매우 중요한 가치로 평가받고 있다.

하지만 나는 그저 일, 일, 일..... 일개미가 따로 없는 삶.

왜 이런 어른이 되었을까.
어쩌다 이렇게 된 걸까, 나는.

첫 출근

이직할 곳을 정하지 않고, 무작정 퇴사를 했던 어느 날.
한가로운 백수 생활을 만끽했다. 어찌나 행복하던지.

한 달 정도 지났을 때일까.
침대에서 한참을 뒹굴거리다 거실로 호다닥 뛰어나가
티비를 보고 있는 엄마에게 말했다.

"엄마, 나 일자리 구했어! 내일부터 출근할 거야."
"무슨 일인데?"
"우리집 보안관! 아~무 것도 안 하고 집만 지키고 싶어. 내가 집 지킬게, 걱정마!"

엄마는 세상 한심하다는 표정으로 날 바라보았다.

"난 널 고용한 적 없어. 그러니 나가."

첫 출근도 하기 전에 잘렸다.

'왜'냐고 묻지 않는 나에게

지난해 말, 우리 회사에 어떤 아이 하나가 들어왔다. 스물다섯 살이라고 했다. 캐나다에서 2년 남짓 살다 왔다고. 기분 탓이겠지만, 그 나이만의 파릇함이 느껴지는 듯했다.

그 아이는 모르는 것이 많았다. 퀵 서비스를 부를 줄 몰랐고 PPT 서식 복사도 할 줄 몰랐다. 엑셀 숫자 자동채우기는 제대로 했으려나. 직접 하나하나 입력한 건 아닌지 몰라.

그 아이에게 가장 낮은 직급의 상사는 나였으므로, 나는 매일매일 그 아이의 질문 세례를 감수해야 했다. 가끔 귀찮기는 했지만 밉다거나 싫지는 않았다.

그 아이는 끊임없이 '왜'냐고 물었다. 업무를 지시하면 그냥 하는 법이 없었다. 우리가 그 아이 손에 쥐어준 업무를 '왜' 해야 하는지, '어떻게' 해야 잘 하는 건지 질문했고 대답을 듣고도 정말 이게 맞는 건지 재차 확인했다.

나는 그동안 모든 걸 눈치껏 해왔다. '왜'냐고, '어떻게' 하는 거냐고 물어보면 지는 것만 같았다. 모르는 건 모른다고 인정하고 방법을 알려달라고 하면 되는 건데 그러지 않으려 홀로 발버둥 쳤다. 스스로 방법을 찾고 해결해야 비로소 한 발자국 더 성장하는 것이라 여겼다.

그런 나에게 그 아이는 너무도 신기한 존재였다. '왜'냐니, '어떻게' 하는 거냐니. 어떻게 저런 질문을 스스럼없이 할 수 있지?

그 애는 어느 날 갑자기 캐나다로 돌아갔다. 정말 어느 날 갑자기. 덕분에 더 이상 나에겐 질문이 쏟아지지 않았다.

고요해진 사무실에서 그 아이의 빈 자리를 한참을 바라보며 '왜'냐고 묻던 그 아이를 떠올렸다. 그 아이는 이 공간에서 얼마나 성장했을까.

그동안 난 왜 단 한 번도 '왜'라고 묻지 않았을까?
'왜'냐고 묻지 않던 내가 나에게 던진 첫 '왜'였다.

무엇이든 스스로 해결하는 버릇이 과연 날 성장시켰을까. 어쩌면 '왜'냐고 묻던 그 아이가 나보다 훨씬 성장하진 않았을까.

그냥 그저 그런 어른

열둘, 내 꿈은 직장인이 아니었다.
열여섯, 만원 지하철에 몸을 욱여넣는 생활을 바라지 않았다.
열아홉, 원치 않는 술을 억지로 진탕 마시고 버스 막차에 몸을 싣을 줄 몰랐다.

어쩌다 나는 이런 어른으로 자라버린 걸까.
어쩌다 그냥 그저 그런 어른이 되어버린 걸까.

이렇게 살자니 더 이상 자신이 없고
변화를 꿈꾸자니 용기가 없다.

그래서
그냥 그저 그런 어른으로 커버렸나 보다.

초상화

가만히 거울을 바라본다.
얼굴이 비친다.
눈가에 주름이 하나둘 늘었다.

많은 시간이 흘렀다.
어느새 나이가 이만큼 들었을까.
살아온 세월이 고스란히 얼굴에 나타난다.

부끄럽다.
난 잘 살아온 걸까.
잘 살아가고 있는 것일까.
앞으로도 잘 살 수 있을까.

어느 날 갑자기 거울을 보았을 때
그땐 부끄럽지 않을 수 있을까.

하자

나는 늘 쉽게 달아 올랐다가 쉽게 가라앉는다.

어렸을 때 동네 문방구에서 엄마를 조르고 졸라 샀던 쥬쥬인형이 그랬다. 몇 년을 고민하고 고민하다 샀던 블랙베리 휴대폰이 그랬고 미러리스 카메라가 그랬고 아이패드가 그랬다. 박봉인 걸 알면서도 너무 하고 싶어서 선택한 내 직업도 그렇다.

분명 잘 가지고 놀겠다고 약속했고 잘 쓸 것이라 생각했고 잘 해낼 것이라 다짐하며 욕심을 부렸는데 막상 손에 쥐고 나니 관심이 식는다. 처음 쥬쥬인형을 손에 넣었던 다섯 살 그 때처럼.

진득하지 못하고 진지하지 못하고 잠깐의 감정에 쉽게 휩쓸리는 건 내 성격의 하자인가. 난 왜 이런 걸까.

시들어버린 열정에 대하여

'신은 그 사람이 견딜 수 있는 만큼의 고통을 준다'는 말이 있다.
아무리 힘들고 고통스러운 시간이라도
견디고 버티면 언젠가는 사라질 고난이라는 의미일까.

그렇다면
나의 시든 열정도 견디고 버티면 사라지는 고난일까.

극한의 고통보다
시들어버린 나의 열정이
나를 야금야금 좀먹고 있다.

일에서도, 사랑에서도, 관계에서도.
대상에 대한 나의 시든 열정은 해결 방법이 없다.

99의 성공과 1의 실패

무대를 만들라는 과제를 주면 대부분의 사람은 무대 비스름한 것들을 만들어 낸다. 평지보다 약간 높은 위치에 반듯한 나무판자를 올릴 것이고 나름의 미적 감각으로 배경을 꾸며내겠지.

하지만 무대를 잘 만드는 방법을 아는 이는 많지 않다. 사람이 올라갔을 때의 안정적인 높이와 무너지지 않을 무게 중심, 그리고 관객들의 시야를 고려한 구도는 오로지 경험으로 터득해야 한다.

경험, 물론 참 중요하다. 그러나 굳이 하나부터 스스로 체험하며 터득해야 할까라는 질문에 대해서는 맞다고 대답할 자신이 없다. 무대가 잘 만들어지는 과정을 바라보고 이해하면서 하나씩 배워나갈 수는 없는 걸까.

모두들 경험이 중요한 공부라며, 무대를 만드는 경험을 하라고 등을 떠민다.

"다들 그렇게 배워. 우리 땐 다 그랬어. 너도 하면 돼."

그렇게 등 떠밀려 만들어진 무대가 과연 잘 만든 무대일까. 터무니없이 낮다면? 관객의 시야를 확보하지 못한다면? 혹시 무너진다면? 그건 누구의 책임인지, 그리고 과연 무엇을 배우고 깨달을 수 있을지.

실패는 성공의 어머니라고들 한다. 어느 정도 공감한다.

하지만 여기에서 말하는 실패는 결코 0에 수렴하는 실패는 아닐 것이다. 아마 99를 알고 있는 자가 100을 채우기 위해 1을 깨닫는 실패가 아닐까.

0을 아는 자가 1을 깨닫기 위해서는 실패라는 경험이 아니라, 99의 성공적인 무대를 많이 보고 배우는 것이 필요하다.

지금 나에게는 99의 성공이 필요하다.

상한 머리, 상한 우리

펌은 몇 번 한 적 있지만, 살면서 염색을 한 적은 단 한 번도 없었다. 우연히 기회가 닿아 염색을 하던 날, 청담동 유명한 샵의 부원장님은 나 같은 머리를 버진헤어라고 부른다고 했다.

화학약품이 거의 닿지 않는 머리, 버진헤어.

버진헤어라 모발이 건강해서 아무리 펌을 해도 컬이 잘 나오지 않는 것이라 했다. 나는 그날 건강한 모발이라는 부원장님의 말만 믿고 펌과 염색을 한 번에 했다.

그리고 내 머리는 개털이 되어버렸다. 컬은 역시나 안 나왔고, 그저 상한 생머리가 되었다.

몇 달 뒤, 상한 머리 관리가 도저히 되지 않아 다른 미용실을 찾아 펌을 하고 싶다고 말했다. 샴푸를 하고 난 후 젖은 머리를 한참 살펴보더니, 머리가 너무 많이 상해 펌을 해줄 수 없다며 케어를 서너 번 받아도 컬이 잘 안 나올 것 같다고 말했다. 그것도 안쓰러운 표정으로.

예전에는 버진헤어라 컬이 잘 안 나오는 거라더니 이번에는 상한 머리라 펌을 해줄 수 없단다. 아무래도 펌을 할 수 있는, 컬이 잘 나오는 최적의 상태가 있나보다.

사람도 별반 다른 것 같지 않다.

공부도 때가 있다는 말이 있듯이 무언가를 흡수할 수 있는 최적의 상태가 있지 않을까.

직장인 5년 차, 서른 살.
지금 난 어쩌면
너무 많이 상해버려서
겨우겨우 하루를 살아내고 있는 지도 모르겠다.

단 한 번의 실수

확실한 것 하나.
아주 예전에 잘못 채운 단추 하나가
내 인생을 이 모양 이 꼴로 만든 게 분명하다.
되돌리기에는 너무 늦어버렸다.

환상과 현실의 경계

난 여행을 계획하는 순간이 좋다.
어디로 떠날지, 무엇을 할지, 어떤 것을 먹을지
찾아보고 고민하고 결정하는 그 순간의 설렘.

여행 전날, 캐리어에 차곡차곡 짐을 싸고
빠진 물건은 없는지 다시 살펴보고
설레는 마음으로 잠자리에 들 때.
기대감으로 가득한 그 시간이 좋다.

행복한 설렘이 가득한 공항, 그곳을 가득 메운 사람들.
함께 존재하고 있는 그 순간이 좋다.

여행이 행복한 시간은 신기하게도 딱 도착지의 공항까지.
그 이후부터는 돌아가야 한다는 허망함으로 물든다.

마치 내 꿈과 현실의 경계인 것 같아 허무하다.

외톨이

빛이 닿지 않는 가장 어두운 구석에 숨는다.
빛의 그림자라면 더욱 좋다.

그러나 서울의 밤은 아름답다.
지나치게 밝고 곱다.

이 좁은 도시에서 내가 존재할 공간은 없다.
웅크리고 앉으면 가로세로 1m도 안되는 작은 부피
그 작은 공간조차 없다.

서울의 밤은 눈부시게 아름답고 곱다.

꿈과 희망의 섬, 제주

나에게 면허증이란 신분증에 불과하다. 국내선 비행기를 탈 때 보여주는 용도. 가끔 꼬질꼬질한 꼬라지로 집 앞 편의점을 갈 때 종종 꺼내기도 했다.

내 면허증이 제 역할을 한 순간은 딱 두 번. 모두 제주에서다.

2015년 여름.
회사 일로 극심한 스트레스를 받았을 때 급하게 휴가를 내고 제주로 향했다. 뚜벅이로 돌아다닐 자신은 없어서 무작정 스쿠터 렌트를 예약했다. 자전거만 탈 줄 알면 스쿠터도 금세 배울 수 있다는 누군가의 허황된 이야기를 들었던 터였다.

그러나 스쿠터 대여점 사장님은 몇 번 날 가르치더니 급기야 뜯어말렸다. 6만 원 돌려줄 테니 버스 타고 여행하라고, 아가씨의 목숨은 하나라고.

그 말에 오기가 생겨 말없이 출발해버렸다. 내 첫 제주도 여행은 그렇게 시작됐다.

2박 3일동안 스쿠터를 타고 해안도로를 달리며 '도전'이라는 단어에 대해 다시 생각하게 되었다. 살면서 '도전'이라는 단어로 설명할 수 있는 행위를 그리 많이 하지 않았다는 것도 깨달았다.

'도전'에 대한 두려움, 그리고 그로 인한 성취감이 서울로 돌아온 2015년의 날 살게 했다.

2018년, 지금 난 다시 '도전'을 하고 있다.
나이 서른에 처음 잡아보는 운전대.
서울에서라면 절대 시도할 수 없었을 첫 운전.

3년 전, 스쿠터를 탄 나에게 많은 깨달음을 주었던 제주의 어느 바닷가로 향하는 길이 어찌나 행복한지.

무언가에 도전한다는 건 이제 두려움보다는 설렘이 되어가는 중이다. 제주는 나에게 할 수 있다는 자신감과 희망을 주는 섬이 되어간다.

너도 이제 서른인데?

굳이 따지자면 나는 굉장히 대책 없는 삶을 살아왔다.

대학 입시 준비는 두 달 남짓이 전부였고 졸업할 때까지 학점 관리 한 번 제대로 한 적 없다.

변변치 않은 학교를 졸업하고 나니 대단치 않은 일이 하고 싶어졌다. 그 일이 더는 흥미롭지 않기에 그만 두었고, 또 새롭게 재미있어 보이는 일을 시작했다.

결국 사람이 몇 없는 소기업에서 매일같이 혹독한 업무량에 시달리며 너무 자그마해 돋보기로 살펴봐야 하는 수준의 월급을 받고 있다. 적금 한 번 제대로 넣어본 적 없는 건 당연하다.

그렇게 서른이 되었다. 아니, 주변에서 서른이라고 하더라.

주변을 둘러보니 내게도 안정적인 직장과 목돈이 필요했다. 변변치 않은 학벌을 대체해줄 어학연수는 필수였고, 혹독한 업무량과 작고 귀여운 내 월급을 위로해줄 보너스는 고마운 존재더라. 보너스가 없다면 적어도 저녁은 있는 삶은 영위했어야 했다.

컴퓨터 리셋 버튼을 누르듯 처음부터 다시 시작하고 싶은 마음이 들었다. 물론 불가능하겠지만. 그래서 재미있는 일을 또다시 찾는 중이다. 그게 설령 지금껏 쌓아온 것들을 송두리째 무너뜨릴 수 있는 무모한 도전일지라도.

지금껏 대책없는 삶을 살아왔던 터라 단 한 번도 나이에 연연한 적이 없었는데, 30이라는 숫자는 꽤 큰 걸림돌처럼 내 발목을 부여잡는다. 주변 이들은 약속이라는 한 듯이 똑같은 질문을 한다.

"너도 이제 서른인데?"

서른이면 왜 안되는 걸까.
서른이 대체 뭐길래.

무엇이든 많이 해보자

언제든, 무엇이든, 어떻게든
많이 해보아야 안다.

내가 좋아하는 일인지 아닌지
내가 잘 할 수 있는 일인지 아닌지
겪어보지 않고서는 알 수 없다.

우선 해보고 결정하자.
미리 걱정하지 말고
미리 후회하지도 말고
많이 해보자.

우린 아직 어리다.

열심히 살지 않아도 괜찮아

우리 오늘은 열심히 살지 말자.

아침 6시에 휴대폰 알람 소리에 겨우 몸을 일으켜
콩나물시루 같은 전철에 몸을 싣지 말자.

헐레벌떡 출근 도장을 찍고
가쁜 숨을 내쉬며 오전 업무를 시작하지 말자.

12시면 우르르 쏟아져 나오는 사람들 틈에서
맛없는 음식으로 배를 채우지 말자.

밀려오는 졸음을 이겨보겠다며 애쓰지 말고
오늘 칼퇴가 가능할지 아닐지 상사의 눈치를 보다가
갑작스러운 야근이나 회식으로 저녁 시간을 잃지 말자.

우리 오늘은 제발 열심히 살지 말자.
지금껏 열심히 살아왔으니
오늘 하루 정도는 열심히 살지 않아도 된다.

그동안 사랑해주셔서 감사합니다

예전에는 드라마 마지막 방송에 항상 '그동안 사랑해주셔서 감사합니다.'가 나오곤 했다. 지금도 그런지는 잘 모르겠다. 드라마를 끝까지 본 기억이 거의 없다.

작품에 아낌없는 애정을 보여준 시청자들에게 표하는 감사의 의미겠지만, 나는 함께 호흡해 온 배우와 스태프를 위한 말이라고 생각했다. 그 작품을 누구보다 사랑했을 사람들이니까.

직장인들도 '그동안 사랑해주셔서 감사하다'는 말을 해야 하는 순간이 온다. 대개 퇴사나 이직을 할 때 하는 거짓의 말.

중요한 건 사랑의 형태는 사람마다 각기 다르게 표현된다는 것이고, 나는 비꼬는 말투에 도가 튼 사람이다.

이 책을 통해 꼭 말하고 싶다. 함께 고생한 직장 동료들에게,
그리고 나를 끊임없이 괴롭혔던 클라이언트에게도.

"그동안 사랑해주셔서 감사합니다."
(덕분에 책을 꼭 써야겠다는 다짐을 할 수 있었어요.)

놀이터

어렸을 적 뛰어놀던 동네 놀이터는 참 넓었다. 미끄럼틀과 시소, 그네. 그리고 한 켠에는 거친 모래가 가득한 철봉도 자리하고 있었다.

그 넓은 놀이터에서 우리는 얼음땡을 하고 다방구를 하고 술래잡기를 했다. 자그마한 조약돌을 주워다 공기놀이를 했고 개중에 큼직한 돌을 가지고 줄을 그어 땅따먹기를 하기도 했다.

놀이터는 내가 하고 싶은 모든 놀이를 할 수 있는 놀이공원이었다. 그곳에서 우리는 세상을 다 가진 듯 행복했다.

지금 우리에게도 놀이터가 있다. 놀이터의 물리적인 범위는 더 넓어졌는데 이상하게도 내가 하고 싶은 놀이는 하나도 할 수가 없다.

다른 이가 하는 대로 따라 하고 남들과 달라 보이지 않으려 애쓰기 바쁘다. 하나도 행복하지 않은, 이상한 놀이터다.

세 살 버릇이 여든 간다고 했던가. 하고 싶은 놀이는 기어코 해야 직성이 풀리는 성격 덕분에 지금 난 나만의 자그마한 놀이터에 몰래몰래 모래를 채우고 있다. 난 모래 놀이를 할 생각이다.

나만의 작은 모래성을 하나 쌓고 이름 모를 풀꽃과 조약돌로 따뜻한 밥도 짓고, 두꺼비에게 헌 집을 내주고 새집을 강탈하는 모래 놀이를 하면서 진짜 '내 행복'을 찾아야겠다.

가끔 한 줌의 재가 되고 싶다.
재가 되어 바람에 흩날리고 싶다.

세상에 존재하되, 존재하지 않는 것처럼.

'존재'의 무게는 너무 가혹하다.

서른이기에

내 세계는 얼마나 작은가

파란 불이 켜졌는데도
차가 움직이지 않을 때가 있다.
출퇴근길이 유독 더 그렇다.

브레이크 등을 빨갛게 켜고
도로를 가득 메운 차를 바라보고 있노라면
내가 살고 있는 이 도시에
얼마나 많은 이들이 존재하는지 와닿는다.

이 나라에는 몇 명이 살고 있으며
이 지구는 또 어떠한가.

역설적으로
내 세계가 얼마나 작은지
내가 얼마나 보잘 것 없는 존재인지
깨닫곤 한다.

난 대단치 않은 존재다.
분명하다.

안다는 것

누군가를 온전히 알기까지는
꽤 오랜 시간이 필요하다고 생각한다.

나도 나를 오롯이 모르는데
누가 나를 안단 말인가.
그것도 온전히.

그래서 난 타인의 표정과 발언에
상처받지 않는 사람이 될 수 있었다.

아무렇게나 내뱉는 평가에도
조심스레 꺼내는 조언에도
그냥 웃어넘길 수 있었다.

난 그가 아는 그 모습의 그 사람이 아니니까.

다만,
내가 너무 편협한 시각을 가진
나만의 세상 속에 사는 사람이 된 건 아닐지
가끔 두려워진다.

개인의 취미, 혼술

"민지씨는 취미가 뭐에요?"

이력서에 쓸 취미를 묻는게 아니라면
난 내 취미로 '혼자 놀기'를 말하고 싶다.

내가 혼자 놀기를 좋아하게 된 이유는 누군가의 속도를 맞추기 위해 배려랍시고 눈치보고 있는 내가 싫어서였다. 사람들에게 치이다 보니 그냥 오로지 나를 위한 시간이 필요했다. 아무 말도 들리지 않고 아무 것도 보지 않아도 되는 '나만의 시간'

혼자 밥 먹기, 혼자 카페 가기, 혼자 영화보기, 혼자 전시회 가기, 혼자 여행하기.

그 중 최고는 단연코 '혼자 술먹기'이다.

혼술은 나에게 매우 훌륭한 취미 생활이다. 어차피 지나칠 사람들의 시선을 신경쓰지 않는 내 성격 덕분이기도 하다. 집에서 홀로 맥주를 홀짝이던 것을 빼고 말하자면 내 첫 혼술의 기억은 동네에 있는 감자탕 집이다. 난 그 곳의 뼈해장국을 사랑한다. 소주를 절로 부르는 기가 막힌 맛이다.

여자 혼자 밤 10시가 가까워진 시간에 감자탕 집에 들어가 뼈해장국과 소주 한 병을 시킨다는 건 쉽지 않은 일이다. 사장님은 나에게 정말 혼자가 맞냐고, 소주도 시킨게 맞냐고 두 번이나 물어보셨다.

종종 나는 그 곳을 찾았다. 내가 먹고 싶은 속도로, 내가 마시고 싶은 양만큼 딱 기분 좋게 술을 마시고 집에 돌아오는 경험을 한 이상 그 소중한 순간을 누군가와 나누고 싶지 않았다.

감자탕집 말고도 집에서 10분 거리에 종종 혼술하러 찾는 술집이 생겼다. 20분 가량 걸으면 꽤 괜찮은 와인을 파는 카페도 있다. 이 얼마나 즐거운 삶인가.

그나저나 술을 좀 끊어야 할텐데...

우리는 모두 배우

나는 결코 행복하지 않다.
이렇게 살고 싶지 않았고, 앞으로도 이렇게 살고 싶지 않다.
그럼에도 나는 매 순간 행복한 척 연기한다.

생일날 친구들이 찍어준 사진 한 장
해외 여행하며 찍었던 사진 한 장
연인의 선물을 찍은 사진 한 장을 올린
다른 이의 인스타그램을 보며 내 삶을 불쌍히 여긴다.

'난 오늘도 야근했는데.'
'친구들 만난 게 언제더라.'
'올해도 여름휴가는 포기했는데..'

그러면서도 가장 행복했던 어느 한순간의 사진을 업로드하며
지금 나는 세상에서 가장 행복한 사람인 척 연기한다.
하나도 행복하지 않으면서.

나는 세상에서 제일 뛰어난 배우가 틀림없다.

을로 살아간다는 것

내가 '홍보'라는 직업을 택한 지 4년이 다 되어간다.
그땐 미처 몰랐다. 홍보맨은 철저히 '을'이라는 걸.

언론홍보 대행사의 업무는 누구나 할 수 있는 일이다. 내가 담당하는 클라이언트를 만나 기업과 마케팅 이슈를 듣고 보도자료로 만들어낸다. 끼니마다 기자를 만나 법인카드로 맛있는 식사를 하고, 그렇게 친분을 다진 기자와 커뮤니케이션하며 내 클라이언트의 긍정적인 면은 부풀리고 부정이슈는 톤다운 시키는 것이 주된 업무다. 운이 좋다면 기자로부터 내 클라이언트의 부정 이슈를 미리 듣기도 한다. 사업을 따내기 위해 기획서를 작성하기도 하고, 기자가 관심 있어 할만한 아이템을 기획해 넌지시 던져 기사화될 수 있도록 푸시하는 것. 그게 전부다.

그런데 난 이 일이 참 어렵다. 기자에게도, 클라이언트에게도, 회사에서도 나는 업무 파트너가 아니라 을이기 때문이다.

스물몇 해를 살아오면서 나는 단 한 번도 을이었던 적이 없다. 가족들과의 관계에서도, 친구들과도, 식당에서도, 집 앞 편의점에서도, 하물며 오가며 지나치는 사람들까지. 난 그들과 동등한 위치였다. 누가 갑이고 누가 을인 관계는 없었다.

그런데 회사라는 곳은 달랐다. 나는 고작 대리 나부랭이.
언제라도, 누구든 대체할 수 있는 위치일 뿐. 보잘것없는 존재였다. 게다가 '대행사'라는 곳은 나를 더욱 볼품없게 만들었다.

밤낮없이 쏟아지는 클라이언트의 요청에 정부에서 말하는 저녁이 있는 삶은 어디로 갔는가 깊은 고민이 따랐고, 어제까지 웃으며 통화했던 기자가 언제든 내 등에 칼을 꽂을 수 있다는 섬뜩함을 느낄 때면 나는 무엇을 하는 사람인가 싫어져 내 존재의 이유까지 반문하게 됐다. 일손이 부족해 매일 같이 야근을 하지만 노력은 인정받지 못하고 내 능력을 의심하는 회사라는 단체 속의 나는 하나의 소모품일 뿐이라는 자괴감에 빠지기도 한다.

을이란 이런 모욕감과 자기 연민으로 가득 찬 위치였다.

모든 관계는 상대적이기 마련이다.
하지만 안타깝게도 대부분 우리는 을이다.
그리고 대한민국에서 을로 산다는 건 참 어려운 일이다.

사회생활이 어렵고 인간관계가 힘든 건 모두 내가 을이기 때문이다. 모멸감과 모욕을 느끼는 건 우리가 충분한 존경과 존중을 받지 못하는 을이기 때문이다.

그러니까 당신의 잘못이 아니라는 뜻이다.
자책하지 말자. 이건 모두 우리가 을이기 때문이다.

모든 관계에는 노력이 필요하다

잠이 오지 않던 어느 새벽,
가만히 침대에 누워 휴대폰 메신저의 친구 목록을 보게 되었다.

대학 동기, 고등학교 동창, 이전 회사 상사, 중학교 동창, 대학 선배... 300명 가까이 되는 사람들 속에 어느 한 명 모르는 사람이 없었다. 하지만 당장 이번 주말에 만나자고 약속할 수 있는 사람은 열 명 남짓. 그마저도 실제 약속으로 이어질 가능성은 거의 제로.

서른 해를 살아왔다는 말이 참 무색하게도 나는 그다지 친구가 많은 편이 아니다. 중고등학교 친구 두 명, 대학 동기 두 명, 간간히 연락하고 지내는 대학 선후배 서너 명.

전부 학교라는 공간에서 만난 사람들이다. 특별히 시간을 들이지 않아도, 노력하지 않아도 만날 수 있던 사람들.

나는 지금껏 관계를 맺으며 딱히 노력이라는 걸 해본 적이 없다. 하지만 사회에 나와보니 누군가를 만나기 위해서는 쌍방의 노력이 필요했다. 내가 그를 보고 싶어 하는 만큼, 그도 나를 만나고자 하는 마음이 있어야 가능했다.

누군가를 만나기 위해서는 30분 이상의 시간을 들여 번화가로 나가야 했고, 그 하루의 약속을 위해 하루이틀은 스케줄과 컨디션을 조절해야 했다.

그런 쌍방의 노력이 우리의 관계를 유지시켰다. 모든 관계에는 노력이 필요하다는 말을 절실히 느끼고 있는 요즘이다.

영상보다는 텍스트

개인적으로 영상보다 텍스트를 좋아한다.

영상은 속도가 일방적이다.
영상이 느리면 느린 대로, 빠르면 빠른 대로
무조건 내가 영상의 리듬을 따라가야 한다. 부지런히.

하지만 텍스트는 내가 조절할 수 있는 리듬이다.
빠르게 읽고 싶을 때는 빠르게 읽을 수 있고
느리게 읽고 싶을 때는 느리게 읽어도 좋다.
항상 그 자리에서 내 속도를 기다려준다.

나는 텍스트 같은 사람이 좋다.
본인의 리듬에 맞추길 바라기보다
상대방의 속도를 기다려주는 사람.

빠르게 가까워지길 욕심부리지 않고
늦장 부리며 상대를 애타게 만들지 않고.
게다가 함께 조절해나갈 수 있다면 금상첨화.

그게 배려 아닐까.

나 그리 나쁘지 않게 살아왔구나

별 다를 것 없는 하루였다. 평범한 하루였는데 오랜 시간 연락한 적 없는 누군가가 문득 떠올랐다.

사무실을 나와 우체국으로 걸어가던 그 순간에 1년 반 남짓 연락하지 않았던 그녀가 생각났다. 연락이 끊긴 건 그녀의 업무가 바뀐 탓이었다. 그녀와는 고작 두 번 만났고, 그중 한 번은 중복이라 점심으로 삼계탕을 먹었던 기억이 있다.

날 기억하고 있을까. 무작정 전화를 걸었다.

"네, 대리님."

그녀가 반갑게 전화를 받았다. 무미건조한 '여보세요' 대신 내 직급을 불러주는 걸 보니, 다행히도 내 번호를 지우지 않은 듯했다.

"잘 지내시죠?"

1년 반이라는 시간이 무색하게 우리는 다정한 말투와 목소리로 안부를 물었다. 업무가 바뀐 탓에 연락이 올 것이라 생각해보지 않았는데 간만에 목소리를 들으니 너무도 반갑다며, 잊지 않고 연락해줘서 고맙다는 대답이 돌아왔다.

나 그리 나쁘지 않게 살아왔구나.
재작년의 난 다행히도 별로인 사람은 아니었나 보다.

알 수 없는 안도감이 들었다.
오늘 하루도 잘 버틸 수 있을 것 같은 자신감이 들었다.
그녀의 살가운 목소리가 나에게 원동력이 되었다.

새콤달콤

그 시절 '우리'는 참 순수했다.
새콤달콤 하나를 내밀었을 뿐인데
우리는 둘도 없는 친구가 되었다.

재고 따지는 것 하나 없이
그저 내 옆에서 내 편이 되어주기만 한다면
'우리'는 세상 그 어떤 것도 끊을 수 없는 사이가 되었다.
함께 시간을 보내고 추억을 공유한다는 것만으로도
고마운 존재.

학교를 졸업하고 스무 살이 넘으니
더는 새콤달콤 하나에 친구가 될 수 없었다.

아니, 친구라는 단어가 존재하지 않는 세상에 버려진 것 같다.
그 시절 '우리'는 어디로 사라진 건지.

나의 초심은 어디로 사라졌을까

오랜만에 소개팅을 했다. 며칠간 쏟아붓던 비가 그치고 하늘이 참 맑은 어느 금요일 저녁이었다.

나이가 같았다. 들으면 누구나 아는 유명한 신문사에 다니는 이였다. 저녁 식사를 하고 한강으로 향했다. 눈에 보이는 아무 계단에 앉아 강 건너편을 바라보며 한참 이야기를 나누었다.

왠지 그는 본인의 고민을 털어놓았다. 사실 고민을 말할 생각은 없었던 것 같다. 그저 어색해서 아무 말이나 하다 보니, 최근 계속 머릿속을 떠다니는 이야기가 나온 듯 보였다.

서른쯤 되면 직장생활을 길면 10년 정도, 짧아도 1~2년은 했을 나이다. 그도 그렇고 나도 그랬다.

첫 직장은 그저 신기했다. 아무것도 모르는 내가 어엿한 사회인으로 인정받는 기쁨이 있다. 한편으로는 나의 능력과 배경을 계산하는 눈빛에 상처를 받기도 했다.

몇 년이 흐르니 까마득한 사회 선배도 만나고 예전의 내 모습을 보는 듯한 새내기도 만났다.

그리고 '과연 이 사람이 내 업무에 도움이 될까, 내 인생에 득이 되는 사람일까.' 그 사람의 능력과 배경을 재단하며 그에게 어느 정도의 시간을 소모할지 계산하는 나를 마주하게 되었다.

그의 고민도 이런 것이었다.
사회생활 초창기에 만났던 누군가와 으레 그랬듯 약속을 잡았는데 '그래서 지금 이 자리에서 하는 이야기가 내 일에 도움이 돼?' 라는 생각이 들었다고. 그런 본인의 모습이 놀라우면서도 슬펐다고 했다.

나는 그저 자연스러운 변화일 뿐이라며, 내가 변한 모습을 보이기 싫은 사람과 아닌 사람의 기준을 명확히 하면 되지 않겠냐고 말했다.

우스운 조언이었다. 나부터도 그게 안 되면서.

어른이 되어간다는 건 이런 걸까.
누군가와 나를 끊임없이 비교하고, 자체만으로도 좋았던 사람의 직장, 학교, 인맥을 평가하게 되는 것.

그저 '그 사람'이 좋았던 나는 어디로 간 걸까.
나의 초심은 어디로 사라진 걸까.

나는 원래 어떤 사람이었나.

아쉽다면 좋아하는 것

내게 좋아한다는 감정의 기준은 아쉬움이다.

어쩌다 한 번 외출이라도 하게 되면
그간 미루었던 모든 일을 전부 해결하고 돌아오는
타고난 집순이인 내가
집으로 돌아오는 길이 왠지 모르게 아쉽다면
나는 그를 좋아하는 것이다.

사람을 만나 대화하는 것만으로도
온몸의 기운이 쭉 빠져 쉽게 지쳐버리는 내가
흐르는 시간이 야속하게 느껴져
움직이는 시곗바늘이라도 부여잡고 싶어진다면
나는 분명 그를 좋아하는 것이다.

단순하지만 완벽하고 확실한 기준이다.

우물 안 개구리

나이가 들수록 우물 안의 개구리가 되어가는 것을 느낀다.

만나는 사람들만 만나고 매번 비슷한 주제에 똑같은 이야기를 나누다보니, 좀 더 넓은 세상에서 내가 모르는 사람들의 다양한 의견과 생각을 배우고 싶다는 생각이 들었다.

하지만 걸러지지 않은 의견이 무작위로 쏟아지는 건 원치 않는다. 이른바 생각이나 소신이라 볼 수 없는, 비생산적인 단어들의 나열. 생산적이지 못한 대화를 좋아하지만 그건 내 주변 지인들과 나누는 것으로 충분하다.

동호회나 모임에 참가하면 누군가의 생각을 듣고, 이야기를 나눌 수 있을 것이다. 그러나 다수의 누군가와 깊은 관계를 만드는 건 생각만 해도 지친다. 이미 회사 사람들과 거래처만으로도 벅차다. 어쩌면 너무도 뻔한 핑계다.

정보가 필요하다. 소신과 생각이 필요하다. 하지만 어디서도 충족할 수 없다. 답답하다. 내 세상은 그렇게 좁아져 간다.

흘려보낸 인연에 대한 아쉬움

문득 그런 날이 있다.
나를 스쳐 간 인연에 대해 곰곰이 생각해보게 되는 날.

여전히 좋은 인연을 맺고 있는 이가 있는가 하면 서로 얼굴 붉히며 다시는 마주치지 않을 것처럼 정리한 사람도 있다. 어쩌다 보니 흐지부지 마무리된 인연도 있고 찰나와 같은 순간을 함께 해 내가 잊고 지내는 누군가도 있을 것이다.

나에게도 그런 사람이 한 명 있다.

몇 해 전, 나는 홀로 제주도 여행을 떠났다. 호기롭게 계획한 스쿠터 일주였다. 평일의 제주는 차가 많지 않았고 대부분 해안도로를 타고 달렸기 때문에 그리 어렵지 않은 여정이었다.

문제는 마지막 날이었다. 성산 일출봉에서 출발하려던 즈음 날씨가 끄물끄물하더니 급기야 폭우가 내렸다. 얼른 우비를 사서 입었지만 머리끝부터 발끝까지 흠뻑 젖는 건 어쩔 수 없었다. 물에 빠진 생쥐 꼴로 겨우 스쿠터를 반납하고 가까운 찜질방을 찾았다.

샤워를 끝내고 뽀송뽀송한 상태로 찜질방에 앉아 컵라면과 맥반석 계란을 흡입하고 있었다. 옆자리에 어떤 아주머니가 자리를 잡으셨다. 홀로 찜질방에 앉아있는 젊은 여자가 신기하셨는지 먼저 말을 걸어왔다.

"제주 사람이에요?"
"아니요. 여행 왔어요."
"혼자 왔어요?"
"네."

우리의 대화는 그렇게 시작되었다. 아주머니는 친구분들과의 제주 여행을 끝마치고 홀로 버스를 타고 몇 군데를 더 둘러보았다고 했다. 그리고 (운전도 못 하는 주제에) 스쿠터를 타고 제주도를 한 바퀴 돌았다는 나의 이야기를 들으시곤 멋있다는 칭찬을 해주셨다.

도란도란 이야기를 나누다 보니 어느새 저녁 무렵이 되었다. 그때 친구에게 연락이 왔다. 나는 다음 날 아침 비행기를 예매했기 때문에 그날 저녁에 친구와 술 한 잔을 하기로 약속한 터였다. 친구에게 연락이 와서 이만 가봐야 할 것 같다는 나의 말에 아주머니는 아쉬움 가득한 얼굴로 말씀하셨다.

"오늘 여기서 같이 자고 내일 함께 공항에 가면 좋을 텐데."

잠시 고민했다. 아니, 잠시가 아니라 꽤 오랜 시간 진지하게 고민했다. 바다가 내다보이는 커다란 창에는 비와 바람이 무자비하게 내리치고 있었다. 친구에게 상황을 설명하고 다음을 기약해도 될 듯싶었지만, 폭풍우를 뚫고 내가 있는 찜질방으로 오고 있는 친구를 거절하기가 어려웠다.

나는 아주머니를 뒤로하고 찜질방을 나섰다.

여전히 후회한다. 그 날의 선택을.

연락처라도 여쭈어볼 걸 그랬다. 서울에 올라와서 한 번쯤 만나면 참 좋았을 텐데. 만약 그 날 아주머니와 이야기를 더 나누다 옆자리에 나란히 누워 잠에 들고 아침에 함께 공항으로 향했다면 어땠을까. 친구와의 약속을 거절한 것을 후회했을까. 변덕스러운 제주의 날씨가 만들어준 인연인데 내가 너무도 쉽게 흘려보낸 건 아닐까.

나를 스쳐 간 인연, 그리고 내가 흘려보낸 인연은 얼마나 많을지. 흘려보낸 인연에 대한 기억은 대부분 후회스러워서 더 아쉬움이 남는다.

나를 사랑하는 시간

파란색으로 물든 캔버스에
하얀 물감을 풀어놓은 듯한 한낮의 하늘을 좋아한다.
까만 종이에 반짝이 물풀을 톡톡 찍은 것처럼
별이 가득한 한밤중의 하늘도 사랑한다.

저녁 무렵 얼굴까지 핑크빛으로 물드는 순간을 마주하기도 하고
새벽녘에는 온 세상을 깨우는 빛의 황홀함을 경험한다.

우연히 손톱달이라면 발견하면
배꼽부터 목구멍까지 뭉클해지곤 한다.

내가 사랑하는 순간들이다.
순간은 쌓여 시간이 된다.

그리고 이내
이토록 아름다운 풍경을 찾아낸 나를
아끼고 칭찬하고 사랑하는 시간으로 바뀐다.

나는 엄마의 청춘을 먹고 자랐다

부모님이 결혼할 당시 아빠는 기술 사관 장교였다. 엄마는 아빠보다 월급이 많았다. 우리 엄마는 결혼 전 종로에 있는 한약방에서 일했다고 한다.

유별난 시댁을 만났다. 엄마는 아빠보다 돈을 잘 버는데도 맏며느리이라는 이유로 집에서 살림을 해야 했다. 시부모와 시동생까지 함께 사는 삶이었다.

결혼하고 1년 남짓 지나 내가 태어났다. 장손의 첫 딸. 예쁨을 받을 수 밖에 없었다. 2년이 지나 동생이 태어났다. 장손인데 둘째까지 딸이라니. 엄마와 동생은 남들이 모르는 미움 속에 살았다.

엄마는 맏며느리라는 이유만으로 여전히 시댁의 모든 일을 도맡아 한다. 일 년에 몇 번이나 있는 제사 한 번 빠뜨린 적 없다. 다른 가족들처럼 명절에 해외여행 가보자 몇 번이고 제안했지만, 엄마는 하늘이라도 무너질 듯 손사래를 친다. 사람마다 해야 하는 일이 있는 법이라며, 이게 엄마의 역할이라며.

나에게 엄마는 처음부터 '엄마'였다.
태어나면서부터 '엄마'로 정해진 것 같은 사람이었다.

우리 엄마는 스물여덟 겨울에 아빠와 결혼했고 서른에 나를 낳았다. 지금 내 나이가 서른이다.

지금의 난 이토록 어린데 엄마는 어떻게 한 아이를 책임질 수 있었을까. 바른길로 자랄 수 있도록 얼마나 고민하고 노력했을까.

누구보다 꿈 많았을 열아홉의 엄마가 궁금하다. 한 남자와 영원을 맹세하던 날, 웨딩드레스를 입고 사랑스러운 미소를 지었을 스물여덟의 엄마가 보고 싶다. 가장 예쁠 나이에 나를 낳고 행복해했을 서른의 엄마를 만나고 싶다.

나는 엄마의 청춘을 먹고 자랐다.

듣기만 해도 눈물나는 마법의 단어 '엄마'

'엄마'
누구나 그렇겠지만 난 엄마 빠순이다. 그리고 엄마는 나의 눈물 스위치다. 글자만 읽어도, 듣기만 해도 눈물이 왈칵 쏟아지는 마법의 단어.

초등학교 4학년 즈음이었을까. 그 기억 속 나는 반 아이들과 다 함께 음악실에 모여 노래를 부르고 있다. 어버이날 노래를 불렀으니, 4학년보다는 더 어렸을 수도 있겠다.

낳실제 괴로움 다 잊으시고
기르실제 밤낮으로 애쓰는 마음
진 자리 마른 자리 갈아 뉘시며
손발이 다 닳도록 고생하시네
하늘아래 그 무엇이 넓다하리요
어머님의 희생은 가이 없어라

노래를 미처 다 부르기 전에 목 울대가 울렁거렸다. 목 울대가 울렁이던 첫 기억이다. 가쁜 숨을 내쉬었지만 쉽사리 나아지지 않았고 금세 눈물이 차올랐다. 그리고 커다란 눈에서 눈물이 뚝. 지금과 다르게 초등학생 때 나는 눈이 꽤 큰 편이었다.

흐르는 눈물을 쓰윽 닦아냈지만 그것이 시작이었다. 눈물은 어느새 울음이 되었고 난 꺽꺽 거리는 소리를 내며 책상에 고개를 파묻었다.

왜인지는 여전히 모르겠다. 그 어린 아이가 어버이날 노래 가사의 뜻이나 제대로 알았을까. 그냥 노래를 부르니 엄마가 떠올랐고 엄마를 떠올리니 울음이 나왔다.

친구들이 당황해하는 게 느껴졌다. 그래도 울음을 멈출 수 없었다. 너무 슬프고 속상했다. 책상에 엎드려 펑펑 울고 있는 내 귀에 선생님의 부드러운 목소리가 들려왔다.

"얘들아. 민지는 엄마를 많이 사랑해서 우는거야. 엄마가 많이 보고 싶은가봐."

누군가가 보고 싶어서 울 수 있다는 것을 그 때 배웠고 떠올리면 눈물이 나는 이 이상한 감정이 사랑이라는 것도 그 때 알았다.

나는 엄마를 많이 사랑한다. 비록 여전히 말을 안 듣고, 하루가 멀다하고 속을 썩이지만 내가 그녀를 사랑한다는 사실은 단 한 순간도 변함이 없다.

엄마가 이 글을 읽으면 콧방귀를 끼겠지.

관계를 정리하는 법도 배워야 한다

어렸을 적, 엄마는 종종 몽당연필 꽁다리를 칼로 살살 깎아내 볼펜 깍지에 끼워주곤 했다. 모나미 볼펜에 끼워진 연필은 곧 이 연필과 이별해야 한다는 의미였다. 몇 번 더 깎아 쓸 수 있었을 테지만 길고 예쁜 새 연필이 쓰고 싶어 몰래 버린 적도 몇 번 있었다. 연필과의 관계를 정리하는 것은 어려울 것이 전혀 없었다.

그런데 사람과의 관계는 맺는 것도, 정리하기도 참 어렵더라.

"친구와 친하게 지내야 해. 싸우지 말고, 알았지?"
엄마 손을 잡고 처음 유치원에 갔던 날
아마 엄마는 나에게 이렇게 말하지 않았을까.

가족이 아닌 누군가와 처음 맺는 관계. 그것도 관계에 서투른 아이들끼리의 관계. 행여 양보하는 법을 몰라 욕심을 부리다 친구와 다투진 않을까, 바보처럼 친구에게 다 뺏기고 울진 않을까, 노심초사하는 날들이 이어졌을 테다. 내 기억에 의하면 다행히도 큰 다툼도, 싸움도 없었다.

엄마는 나에게 관계를 맺는 것만 알려줬다.
때로는 관계를 정리해야 한다는 것도, 어떻게 정리해야 하는지도 전혀 알려주지 않았다.

사람과의 관계는 볼펜 깍지에 끼워진 몽당연필 같지 않다는 것을 알지 못했다. 그래서 대개 한 쪽이 상처를 입는다는 것도, 그게 대부분 나일 것이라는 것도 당연히 몰랐다.

그래서인지 지금도 나는 관계를 정리하는 것에 익숙지 않다. 종종 사람도 볼펜 깍지에 끼워진 몽당연필 같았으면 좋겠다는 생각을 한다.

내 마음이 덜 다칠 수 있게.

칭찬은 어른도 춤추게 한다

나에게 힘이 되는 존재들은
내가 듣고 싶어 하는 말만 골라서 해주는 사람들.

세상이 얼마나 모진지
내가 원하는 일들이 얼마나 무모한지
그 선택을 했을 때 어떤 일들이 벌어질지

너무 잘 알고 있어서 머리가 아프니까.
그래서 고민하고 고민하다 털어놓는 것이니까.

다소 무모한 도전일지라도
수습할 수 없는 큰 사고를 쳤더라도

"잘하고 있다. 잘할 수 있다. 잘한다."

어른도
맹목적인 응원과 칭찬이 고프다.
그런 순간이 있다.

감정과 감성의 상관관계

〈연애시대〉라는 드라마가 있었다. 아마도 내가 열여덟쯤이었을 테다. '사랑'이라는 단어에 로망이 가득했던 나에게는 너무 매혹적인 제목이었다. 호흡이 긴 드라마에 큰 흥미를 못 느끼는 성격임에도 '꼭 챙겨봐야지!'하고 다짐했던 걸 기억한다.

드라마의 내용은 너무 실망스러웠다. 달달한 연애를 해야하는데 왜 이혼한 남녀가 나오는지, 이혼했는데 왜 애틋한 모습인지. 머릿속에 물음표만 가득했다. 전혀 흥미롭지 않는 스토리에 가차 없이 TV 전원을 꺼버렸다.

사랑하는데 헤어지는 일이라던가, 이별했는데 다시 재회한다거나 그런 일은 나에게 용납할 수 없는 감정이었다.
'사랑하는데 왜 헤어져? 사랑하면 함께 해야지. 헤어지면 끝이야. 다시 만난들 그 감정이 다시 불타오를 수 있겠어?'

그런데 세상에는 참 많은 종류의 감정이 있었다. 사랑하지만 헤어질 수 있었고, 증오하지만 애틋할 수 있었다. 〈연애시대〉 속 주인공들은 결코 이해할 수 없는 사람들이 아니라 누구보다 공감되는 존재들이었다.

나이를 먹고 세상을 경험하면서 스무살 남짓에 느끼지 못했던 감정을 깨달았고 어렸을 땐 곧 죽어도 이해 못했을 관계를 맺기도 했다. 톡 건드리면 딱 부러질 것 같던 내가 이제 약간의 융통성과 자기합리화를 부리기도 하더라.

바꿔 생각하면 그만큼 무뎌진 것일 수도 있다. '그럴 수도 있지' 하는 마음은 나와 다른 이에 대한 이해일 수도 있지만 감정을 소모하는 일련의 과정에 대한 귀찮음일 수도 있다.

그토록 슬펐던 영화가 어느새 눈물 한 방울 나지 않는 순간이 왔고 그렇게 좋아했던 달달한 로맨스 영화를 다시 보지 않는 나를 발견한다. 분명 난 굉장히 감성적인 사람이었는데.

다양한 감정이 무르익는 건 무척 행복한 일이다.
하지만 감성이 무뎌질까봐 견딜 수 없는 밤이 있다.

줄거리

세상에 완벽한 이야기는 없어.
전부 하나둘 부족하고 아쉬울 따름이지.

다만
다른 이의 이야기는 내가 주인공이 아닌지라
아쉬움 없는 서사와 부족함 없는 엔딩이 돋보이는 거야.

너의 삶도
다른 이에게는 완벽한 줄거리일걸.

정말 혼자가 좋아?

바람이 차다. 어느새 가을이구나.

두 시가 지나서야 외출 준비를 마쳤다. 딱히 약속이 있던 것은 아니었다. 태풍이 지나가니 하늘이 유달리 맑기에 좀 걸어볼까 하고 정처 없이 집을 나섰다. 약속이 있는 날을 제외하고 대개 나의 주말은 종일 침대에 누워 밀린 영화를 보거나 책을 읽는다. 토요일은 대개 술 약속이기 때문에 대여섯 시쯤 집에서 나오지만, 일요일은 주로 점심 약속인지라 늦어도 열한 시에는 출발해야 한다. 오늘은 일요일임에도 두 시가 넘어 집에서 나왔으니 평소와는 무척 다른 하루였다.

집에서 한참을 걸어 내려오면 버스 정류장이 하나 있다. 마침 버스 한 대가 내 앞에 섰다. 번호를 보지 않고 타고 보니 영등포를 가는 버스다. 어쩌다 보니 타임스퀘어에 도착했다. 최근에 산 맥북을 담을 파우치를 하나 사야겠다 싶어 서점에 들러 한 시간가량을 허비했다. 역시 사람이 많더라. 가족, 연인, 친구… 내가 마주친 대부분의 사람은 일행이 있었다. 마치 나만 덩그러니 홀로 놓인 기분이었다. 아무리 그래도 혼자 온 사람이 나 밖에 없을까, 노트북 파우치를 손에 들고 지나가는 이들을 살펴보았지만 나뿐이었다. 말도 안 돼.

날이 좋은데 이제 어딜 가지. 전부터 가보고 싶었던 카페가 근처에 있으니 그곳에서 글을 써야겠다. 버스 정류장으로 향하는 길에 하늘을 올려다보았다. 아, 예쁘다. 담아둬야지. 카메라를 켰는데 까만 화면만 뜬다. 이달로 꼬박 3년째가 된 나의 아이폰이 이렇게 사망하는 걸까. 새 아이폰이 출시될 때까지 딱 한 달만 더 버텨주지 그랬니. 씁쓸한 마음으로 괜히 휴대폰 전원 버튼만 만지작거렸다. 좁은 골목길에 자리한 카페는 제법 마음에 들었다. 커피를 아무리 마셔도 잠을 잘 자던 내가 커피 한 잔에 밤잠을 설치는 이상한 체질이 되어버린 터라 따뜻한 히비스커스 티 한 잔을 주문했다.

얼마 전 가제본을 맡겼던 책 샘플을 꺼내 한 글자 한 글자 뜯어보는데 조용했던 카페가 금세 시끄러워졌다. 고개를 들어 둘러보니 자그마한 카페가 어느샌가 사람들로 가득 찼다. 내 뒤에는 곧 결혼을 앞둔 커플이, 내 앞에는 스무 살 남짓 되어 보이는 어린 커플이 앉아 있었다. 한 시간 남짓 앉아있었을까. 그들의 목소리와 웃음소리가 귀에 때려 박히는 수준으로 커졌을 즈음 카페를 나섰다.

9호선을 타고 여의도로 향했다. 주말의 여의도는 한적하다. 도로를 가득 메우던 차와 사람들은 간데없이 고요하다. 특별한 것 없는 하루의 평화로운 공기를 만끽했다. 지난주까지만 해도 꽤 더웠던 것 같은데 차가워진 바람이 품 안으로 파고든다. 낮엔 조금은 덥다 느꼈던 청재킷을 여미며 이어폰에 흘러나오는 노래 가사를 가만히 읊조렸다. 오늘 처음 듣는 노래다.

낮에 집에서 나오면서 음악 앱에서 추천해준 노래들을 아무렇게나 재생 목록에 추가했던 기억이 났다. 어쩌다 듣게 된 노래 가사가 귀에 꽂히는 법은 거의 없는데 오래간만이다. 이런저런 생각을 하는 사이에 금세 다음 곡으로 넘어가 버렸다. 휴대폰 화면을 톡톡 눌러 이전 노래를 다시 재생했다.

오늘의 난 외롭지 않았다. 새벽녘에 잠을 설쳐 동이 틀 무렵에야 잠이 들었지만, 푹 자고 일어나 개운했다. 점심을 먹고 느지막이 집에서 나와 아무렇게나 돌아다니는 것도 좋았다. 순간 볼에 와 닿는 차가운 공기에 완연한 가을이구나, 하고 오히려 약간은 즐거웠던 것도 같다. 그런데 마음에 와닿은 가사는 내가 외로운 상태라고 말하는 듯했다.

사실 난 외로운 걸까. 혼자를 좋아한다고 말하는 게 실은 혼자가 싫어서 그런 걸까. 오늘 마주친 여럿처럼 누군가가 옆에 있어 주길 바라고 있는 걸까.

나는 우울한 그저 그런 사람
신경질적이고 그저 이상한 사람
날 혼자 두지마
아니 혼자 있는 게 좋아
아니 나를 두고 가지 마
제발 나를 혼자 두지마
- 박소은, 일기

작지만 간절한 기도

무서운 꿈을 꾸었다. 내 삶을 깊숙이 관통하는 두려움이다. 잠에서 깨던 순간 나는 소리 내 울고 있었고 언제부터 흘렀는지 모를 눈물로 베갯잇이 흠뻑 젖어있었다. 내 몸 하나 뉠 수 있는 자그마한 침대서 하염없이 흐르는 눈물을 연신 닦아내며 한참을 울었다.

내가 사랑하는 것들이, 내게 소중한 것들이, 나를 살아있게 하는 것들이 어느 날 갑자기 한순간의 꿈처럼 사라져버릴까 봐 무섭다. 마치 단 한 번도 이 세상에 존재하지 않았던 것처럼 허무하고 허망한 기억의 조각으로 바뀌어버릴까 봐 두렵다. 손에 잡으면 잡히던 것들이 오랜 시간을 그리고 그리워해도 더는 떠오르지 않는 흐릿한 기억이 되어버릴까 봐 겁이 난다.

매일 밤 기도한다. 아침에 눈을 떴을 때 나를 숨 쉬게 하는 이 모든 것들이 내 옆에 살아있기를. 오랫동안 존재하기를.

서른도 어른이라면

지은이 : 전민지
발행인 : 정영욱
기　획 : (주)BOOKRUM
디자인 : 전민지
발행처 : 문득 출판사

주　소 : 서울특별시 서초구 서초대로 78길 50, LS-729호
전　화 : 02-6959-9998
이메일 : ceo@bookrum.co.kr

www.moondeuk.com